KB253601

하루살이의 노래

마이노리티시선 28

하루살이의 노래

지은이 이규석
펴낸이 장민성, 조정환
책임운영 신은주 편집부 오정민 마케팅 정현수

용지 화인페이퍼 인쇄·제본 한영문화사 출력 경운출력
펴낸곳 도서출판 갈무리 등록일 1994. 3. 3. 등록번호 제17-0161호
초판인쇄 2007년 12월 12일 초판발행 2007년 12월 20일

주소 서울 마포구 서교동 375-13호 성지빌딩 101호
전화 02-325-1485 팩스 02-325-1407
website http://galmuri.co.kr e-mail galmuri@galmuri.co.kr

ISBN 978-89-6195-004-6 04810 / 978-89-86114-26-3 (세트)

값 6,000원

이 도서의 국립중앙도서관 출판시도서목록(CIP)은 e-CIP 홈페이지(http://www.nl.go.kr/cip.php)에서
이용하실 수 있습니다(CIP제어번호: CIP2007003862).

하루살이의 노래

이규석 시집

갈무리

시인의 말

서툰 걸음마로 출발하면서
망설이고 망설이다 용기를 냈다는 것
세상에 얼굴을 들고 보니
헉 두렵고 부끄럽다는 것
내 스스로 선택한 이 길을 가야 한다면
채찍을 통해 배워야 한다는 것
하지만 어쩌랴
시를 쓰지 않으면 병이 생긴다는 것.

망설임에 용기를 준 객토동인들과
갈무리 출판사와 그 식구들께 감사하고
묵비권으로 여기까지 통과시켜 준 아내께도 고맙다
건장하지 못한 몸으로도 기꺼이 발문을 써주셨던
지금은 고인이 되신 정규화 시인께 삼가 명복을 빌며
생전에 하신 말씀들 자양분으로 삼아 기대 어긋나지
않는 시인이 될 것을 약속드리며 이 시집을 바친다.

2007년 12월

이규석

차례

제2부

제3부

제4부

발문 · 정규화(시인)
삶의 중심에서 이룬 보편적 가치　101

제1부

고집

오늘도
밥값 못하고 퇴근을 한다

이 공장 저 공장 다닌 경험과
온갖 푸대접 받으며 익혀온 기술
이제 내 기술이 최고라며
대출 자금으로 기계를 사면서
은연중 자랑했던 일들을 두고
일찍 들어오는 날이 많아질수록
아내 보기도 어찌나 민망한지

살림 걱정을 하는 아내처럼
나를 걱정해 주는 사람들도 자꾸
기술이 최고가 아니다
명절날이면 떡값도 보내고
한 번씩은 융숭한 술대접도 하라고
그래야 된다고 하지만

서릿발처럼 일어서는 아부의 욕심들

땅다지기 하듯 꼭꼭 다지며
기술과 신용을 밑거름으로
추운 겨울을 이겨낸 푸른 보리 같이
지금은
귀 막고 입 다물겠다

신발

가는 길에 따라
신는 신발도 다른 것이다

논밭을 써레질하던 아버지
검정 고무신처럼 질긴 가난을 신고
평생을 농부로 사셨다

쇠를 다루는 공장에서
안전화를 신고부터 시를 썼다
안전화를 신은 처음 나의 시는
갑갑하고 불편함에 갇혀
내 불만을 벗어나지 못했고
가볍고 편한 신발을 꿈꿀 때마다
날카롭고 무거운 쇠붙이들이
어김없이 발등에 아픈 상처를 남겼다

길이 많은 것처럼
신발 종류도 많을 것이다

질긴 검정 고무신을 신고
평생을 가난하게 사셔도
남의 고민과 아픔 먼저 껴안아
정으로 사셨던 아버님의 그 시절 같이
안전화를 신은 발들의 안전을 위해
잠시 다른 길을 꿈꾸었던 나의 시는
다시
그 끈을 질끈 동여맨다

일거리를 두고

처음 보는 사람이
작업을 의뢰해 왔다

도면과 제품 용도를 설명 듣고
납기가 언제고
제품 단가를 이야기하다
옛 거래처에서는 얼마였는데
좀 더 싸게 할 수 없냐고 한다

(옛 거래처가 어디냐고 물었더니
그 거래처가 내 친구 공장이다)

일거리 걱정은 하고 있었지만
내가 어려우면 그 친구도 마찬가지
하여
예약 된 제품이 있어
납기도 못 지키겠고
도저히 작업이 어렵겠다고

낚시

친구가 낚시하러 가자 한다
몇날 며칠 째
앉아서 속만 태우지 말고

낚시는 무슨 낚시?

신용과 기술을 담보로
간도 빼고 쓸개도 떼놓고
친절과 미소를 미끼처럼 매달아
일거리 낚으러 가자 한다

돌아볼 만큼 돌아 봤다 해도
기다림이 목까지 차올랐는지
버럭 언성을 높이며
그래도 자꾸 가자 한다

불경기

바쁜 일 하나 없지만
언제 불쑥 물량이 들어올지 몰라
서둘러 출근을 한다

요즘은
우두커니 공장을 지키고 서 있는
기계 보기도 참 미안하다

해마다 비껴가지 않고
한반도를 강타하는 태풍처럼
연례행사가 되어버린 이 불경기

대기업이 바람에 흔들리면
우리 같은 작은 공장들
끝도 없는 낭떠러지로 곤두박질치는
태풍 속에 휩싸인다

공회전

출근 하면
기계를 공회전 시켜 놓는다

기계에 무리 주지 않고
째깍 작업할 수 있도록
사람처럼 몸 풀기를 하는 것이다

몸 풀기를 끝내도
이십 년을 넘게 연마해 온 기술
없는 일거리 앞에선 아무 쓸모가 없고

가족들 굶길까 싶은 안타까움만 안은 채
집에서 공장으로
공장에서 집으로
자꾸 공회전만 한다

공단길을 걸으며

일당도 못 채우고 퇴근하면서
작은 공장들이 어깨를 맞대고 있는
마산 봉암 공단길을 걷는다

이번 달도 적자라는
아내의 말이 졸졸 따라 오고
달마다 어김없이 찾아오는 공장세처럼
각종 납세의 의무들도 따라 오는데

큰 아이 대학 등록금이
바위처럼 앞을 가로 막는다
되돌아서서
다시 얼마나 걸었을까

공단길을 걷고 또 걸어도
가을을 밀어내는 바람에 실려
자기 자리를 잃은 낙엽처럼
무거운 마음만 긴 겨울 속으로
바싹바싹 타들어 간다

어떤 하루

창원시 팔용동 차룡단지
작은 공장들 사이로 찬바람이 분다

요란했던 기계소리 하나 둘 잦아지고
두런두런 모인 사람들
공장세가 어떻고
공과금이 저떻고
돈 달라는 날짜 빨리도 온다며
낮술에 얼굴 붉히며 앉았는데

가방 가득 선물을 든 아줌마들
이번 우리 회사 새로운 카드가 어떻고
요번 우리 회사 이 보험이 저떻고
입에 침이 마르도록 설명하지만
아무도 거들떠 볼 생각을 않는다

모두가
아등바등 살려는 실랑이를 두고
지켜보고만 있던 해가 저만큼

나는 모른다는 것처럼
슬그머니 눈을 감고 돌아 선다

행렬을 보며

요란한 굉음을 울리며 내달리는
저 차들은 무엇이 저리도 바쁠까

꼬리에 꼬리를 문 자동차 행렬을 보며
나도 달리고 싶은 생각만 들고
바쁠 것 없는 내 발걸음 따라
그림자도 느릿느릿 집으로 돌아오는데

학교 다녀오겠습니다
안녕히 다녀 오세요란 말들이
물 먹은 솜처럼
어깨를 무겁게 눌러온다

다시 직업을 바꿀 수도
취직도 할 수 없는 나이를 두고
어디든 달리고 싶은 마음 앞세워
나도
시동 한번 걸어 보고 싶다

걱정

아내가 한숨을 자주 쉰다

그 한숨이 무얼 말 하는지
말하지 않아도 잘 안다

일찍 퇴근해 오는 날이 많을수록
아내를 위로할
따뜻한 말 한마디 생각도 안나
선뜻 말 붙이기가 어렵다

언제부턴가
달력 한 장 마음 편히 넘기려 해도
쉽게 넘어가지를 않는다

이사를 하며

또 이사를 한다

봉암 공단에서 팔용 단지로
팔용 단지에서 봉암 공단으로
몇 번째인지도 모른다

기계 한 대 달랑 가진
사장도 아니고
노동자도 아닌 우리 같은 사람들에겐
이사 비용도 큰 짐이지만
거래처마다 이사했다고 알리는 일도
이젠 염치가 없다

나도 한 곳에
오랫동안 더 머물고 싶다
언제 또 누군가 정규직에서 비정규직으로
비정규직에서 비정규직으로 떠돌 듯
붙박이 노동자가
점차 사라져 가는 현실을 보며

기계 한 대 달랑 들고
또 어디로 이사를 갈지
정해 놓은 곳이 따로 없다

늦가을에

바람에 몰려다니는
낙엽들을 보며
이렇게 허전해 오는 가슴

내년을 바라볼 수 있는
가을걷이 끝난
빈 들판의 기다림이면 좋겠다

오늘도
빈 기계 앞을 바장이며
일거리 걱정을 하는데
공장 화단 나뭇가지 위
가을 햇볕을 문 잠자리 한 마리
바람이 불 때마다 나처럼
지겹도록 앉았다 날았다 한다

또 하루를 공치고 돌아서는
무거운 발걸음에 밟히는 이 허전함
나이 탓이면 좋겠다

자존심

거래처 사람이 불량 난 제품을 들고 왔다 다른 공장에서 단가를 싸게 해준다는 말에 믿고 맡겼더니 불량을 냈다며 수리를 부탁했다 잔손질은 많이 가겠지만 도면 허용 공차를 최대로 활용하면 수리 가능한 제품이다(수리 해주고 돈 받으면 그 뿐이지만) 내가 작업한 제품이 아니라 곤란하다며 작업했던 곳에 수리하라고 손사래를 치자 그 곳에선 수리 할 수 없다 하고 제품을 새로 만들어야 된다 했다고 울상을 짓는다 새로 만들려면 시간과 더 들어갈 돈도 문제지만 오늘 오후 당장 납품을 해야 하는데 신용 떨어지면 큰일이라 어쩔 수 없이 급해서 들고 왔다며 한 번만 봐 달라 한다 제품 단가를 경쟁적으로 낮추려는 그 뻔한 속셈을 보며 한 번은 계속 있을 것이고 나는 두 번 속지 않을 것이다

제 살 뜯어먹기

 우리 같은 작은 공장들은 무엇을 전문으로 하며 어느 거래처에 무슨 일을 하는지 말하지 않아도 모두들 잘 안다 아무리 숨기고 작업한다 해도 입과 입이 발 빠르게 물고 오는 소문은 막을 수 없다 어떤 날 친구의 고향 동생이 한다는 공장에 일거리가 있다기에 갔더니 얼마 전까지 내가 작업해 왔던 제품을 내놓고 단가를 묻는다 (기가 찬 일이고 요즘처럼 불경기일수록 일거리를 주는 사람들은 뻔한 단가 더 싸게 하려고 경쟁을 붙일 것이지만) 나 혼자 살자고 남의 제품 단가를 더 싸게 받아놓고 일거리 주는 척 또 더 싸게 하려면 이 사람아 어쩌잔 말인가 한 번 내려간 단가 다시 오르지 않는 법 다 같이 죽을 수밖에

장난감 자동차

낮술 한잔 하고 나오는 술집 앞에서
한 아이가 리모콘을 들고
장난감 자동차를 조종하고 있다

아이가 조종하는 대로
이리도 가고 저리도 가고
담벼락을 들이박기도 하다
돌부리에 넘어져 허연 배를 내놓고도
헛바퀴를 웽웽 돌리고 있다

하청에서 하청으로 또 그 밑으로
거쳐서 오며 낮아지는 제품단가에
더부살이로 시달려야 하는 것도
일탈할 수 없는 레일 위의 기차처럼
어쩌면
보이지 않는 누군가의 손에
저 장난감 자동차처럼
조종을 당하고 있는 것은 아닌지

자꾸 길이 흔들린다

겨울

문을 꼭꼭 닫아도 이렇게 추운 건
공장문을 훑고 지나는
저 바람 때문만 아니다

해가 바뀔 때마다
크는 아이들이 물고 오는 무게
키만큼 무거운 짐으로 눌러와
헉 헉 숨 막히게 하는 봄

마음은 시리고 다급한데
감질나게 입질만 하고 가는 물고기처럼
한 번씩 울리던 전화벨도
지나가며 들렀다는 사람들도
물량 걱정을 하고 있는
내 갈증을 풀어주지 못한다

무심한 바람 또 요란하게 부는
쌀쌀한 추위를 어떻게 견딜까 싶어도
또 내년 봄 걱정을 하면

이 겨울이
아직은 더 길었으면 좋겠다

.

제2부

척 하면

식당 앞에서 냄새만 맡아도 안다
오늘은
무슨 반찬이란 걸

작업 중에 회의가 자주 열리며
능률과 불량률을 따지고
자꾸 잔소리가 많아지면
무슨 이유인지 안다
지금은 임금 인상 때라는 걸

고함만 지르던 사장이 부드러워지고
살갑게 다가와 지나가는 말처럼
매년 적자에 회사가 어렵다고 하지 않아도
무슨 속셈이 있는지 안다
서로 못 볼 얼굴들이 또 생기겠다는 걸

척 하면
벌써 돌아가는 공장 분위기를 안다
눈도장을 찍어야 할지 아닌지를

겨울나무

세찬 바람에
잎들을 다 떨어뜨린 나무

차가운 바람 앞에
자꾸 얼어가는 마음 흔들며
우우우 소리 내어 운다

어깨 낮은 공장들이 있는
떠날 수 없는 공단길
정리해고 된 노동자처럼
알몸으로 서서

더욱 차가워진 겨울비를 맞으며
으드드드
추위에 감전되어 떨고 섰다

십 원짜리 동전

출근 시간에 맞춰 집을 나선다

정보지에 실린 모집 공고를 보며
밤늦도록 정리한 순서대로
이력서를 들고 공장들을 따라 돌고 돌다
외면할 수 없는 애꿎은 나이에 무너지고

이 한 몸 맡길 곳을 더 찾지 못해
돌아서 오는 맥 빠진 걸음 앞에
누가 흘렸을까
흘려도 누구 하나 주워가지 않고
무심한 발길에 채이고 밟히는

저 동전 하나

하루살이의 노래

하루벌이로 사는 나는
이제나 저제나
일을 기다리는 날이 많아진 요즘
하루해가 너무 짧은 것 같다

기다리는 날이 오래갈수록
조급하게 앞서는 마음
그 걱정과 불안을 안주로
술잔 드는 날은 많아지고

마시는 술잔 속에
문득
미소를 머금은 내 아버지 얼굴
나도 몰래 아버지 하고 불러 본다

아버지의 삶이 그랬던 것처럼
하루를 사는 것도
이렇게 무거운 짐이 되는 줄
내가 아버지 되고부터 알았다

콩을 볶으며

뜨겁게 달아오르는 가마솥 뚜껑에
콩을 볶는다

골고루 볶이도록
이리 뒤집고 저리 뒤집다
주걱 젓는 방향 따라
달달 볶이는 콩들을 보며
길들어지는 것 같은 이 느낌
가슴이 서늘해 온다

잘 볶이는 콩들처럼 나도
뜨거움을 참으며
주걱 방향을 벗어나지 못해 봤고

뜨거워질수록
튀어 오르고 싶은 욕망 앞서도
서로 몸 부비며 사는 공장에서
나도 너에게
너도 나에게
뜨겁다는 소리 한 번 못했다

달동네에서

집도
공장도
하늘의 별만큼 많은데

바둥거리며 살아도
작은 몸뚱이 하나
뿌리내릴 곳 없는 땅

더 밀려날 곳도 없는 나는
어쩌면
이 시대가 만든 낙오자인지 몰라

재활도 어려운

페인트칠을 하며

숱한 제품들이 들락거리고
겨울 찬바람이나
여름 소나기도 고스란히 맞던
녹슨 공장문을 페인트칠 한다

버짐나무 껍질처럼 일어나는
녹들을 제거하다 어쩌면 부식이란
스스로를 돌보지 못하고
목까지 차오른 걱정과 불안들
속으로 속으로
삭혔던 것인지도 모른다

갈수록 처지는 어깨
희미해지는 눈
손도 푸른 손이 아니다

조심조심 녹을 벗기고 페인트칠을 하며
공장을 지키는 저 공장문처럼
나도
오래오래 이 공장과 함께 하고 싶다

알았으면 좋겠어

쇠를 깎고 사는 우리 쇠쟁이들 세상은 생각 보다 무서울 만큼 좁다 퇴근길에 동료들과 높은 양반들 안주꺼리로 씹으며 기분 좋게 술 마시고 난 다음날은 무거운 호출이 있다 씹은 만큼 괘 씸죄에 찍혀 시말서 쓰고 혹은 퇴출 되어도 높은 양반들을 안 주로 씹는 서로 마음 다잡는 술자리 없어서는 안 되는 것인데 저 친구만 없어진다면 하는 그런 얄팍한 생각 가진 사람들은 뒤에서 막말하고 동료를 험담으로 고자질하고 안보면 그만이 다 싶지만 돌아서면 또 다른 공장에서 이렇게 만나지는 우린 가족 같은 것이다

비 오는 날

다리를 절뚝이는 개 한 마리
소나기를 피해
처마 밑에 선 내 눈치를 보며 들어선다

내가 쪼그려 앉자 같이 앉는다

머리를 쓰다듬어 주자
꼬리를 흔들며
낑낑거리는   것이
서러웠던 것이구나
사랑 받던
그 때가 생각나는 것이구나

비가 멈추면
일자리 찾아 어딜 가볼까 생각하는데
내 눈치를 보는 것이
어디를 가야할지 묻는 것 같지만
갈 곳을 찾지 못하고 있는 걱정 사이로
비는 계속 내리고 있다

백수

새천년 이 거리에
낙엽처럼 이리 몰리고
저리 몰리며 헤매는 발길

솟구칠 수도
제자리에 머물 수도 없어
실 끊긴 연처럼
핑그르르 돌다 지쳐
곤두박질쳐 내리는 몸부림

세상은 넓고 할 일도 많다는데
나는 왜 자꾸 쪼그라드는가

선풍기

고철장 구석에
목이 부러진 선풍기
비를 맞고 있다

미풍 약풍 강풍
원하는 만큼 시원한 바람으로
싱싱 돌고 돌았던 선풍기

힘들고 바쁜 때일수록
온 몸을 던져 밤낮 없이 돌고
기름때에 절은 작은 아픔들
안으로 안으로 삼키며
신명을 다해 돌았는데

대책 없이 밀리고
밀려서 설 자리를 잃은 서러움
비에 젖고 있다

담쟁이

바람 잘 날 없는 공장
뿌리내리고 살아야 할 우리는
공장 담을 열심히 쌓았고
높이 쌓아 올린 만큼 사장은
같이 잘 살 것이라 했다

공장 담을 높이 쌓아갈수록
하나였던 우리 사이를 헤집는
또 바람은 불고

몇 십 년 담을 같이 쌓아올려도
바람이 흔들고 지날 때마다
쫓겨나는 일손 야무졌던 동료들 보며
차례를 기다리는 죄인처럼
움츠리고 졸아든 불안에 시달려도

아는지 모르는지
보란 듯 같이 쌓아 올린
수직의 담을 타고 오르는 너만
더욱 무성해지고

쇠비름을 보며

누가 뽑아 버렸을까

공장 시멘트 바닥에
내동댕이쳐진 쇠비름
불볕더위를 물고
그 왕성하고 끈질긴 생명력이
시들시들 말라 간다

뿌리 내릴 수 없는 땅 위로
바람이 불고 지날 때마다
이리 밀리고 저리 밀리는
저 쇠비름 같은 우리네 공장 생활

요즘처럼 일 없는 날
작은 바람 소리만 들어도
뿌리 뽑힐 불안에
살아도
살아 있는 것이 아니다

노이로제

바람
그 소리만 들어도
춥다

퇴출바람
명퇴바람

공장을 흔들고 지날 때마다
우수수 떨어지는 낙엽 소리에
나도 몰래 얼마나 움츠렸던가

봉암 공단 차룡단지
공장 지붕들은 자꾸 낮아지고
문들도 꼭꼭 닫혀 지는 걸 보면
감당할 수 없는
저 무서운 바람의 위력 때문일 것이다

땀 흘리며 일할 공장에서
바람

그 소리만 들어도
가족들 얼굴이 먼저 떠올라
나는 등골이 오싹해진다

연삭을 하면서

작고 약한 돌들
뭉쳐서 다져서 된 숫돌
인조 다이아몬드로 날(刃)세워
강한 쇠를 깎는 연삭

강한 쇠를 깎는 숫돌처럼
살수록 날 세워
깎고 싶은 것들이 있다

나 하나쯤 하는 편견을 깎고
내 배만 채우려는 까만 욕심을 깎고
게으르고 나태한 습관을 깎고
안일함으로 굳는 의식을 깎고

정밀하고 깨끗한
제품을 깎아내는 연삭처럼
나를 깎고 또 깎는다

* 주) 연삭 : 빠르게 회전하는 숫돌에 쇠를 깎는 작업(치수가 정밀하고 작업한 면이 매
끄럽고 고움).

소사장

공장 다니면서
누구나 한 번쯤은 사장이 되고 싶은
꿈 없겠는가

공장과 장비도 주고
일한 만큼 가져갈 수 있다는
소사장 계약서에 도장 찍고 받은
내 이름으로 된 사업자 등록증
얼마나 좋아 했던가

밤낮 가리지 않고 땀 흘려 일해도
월급 받을 때보다 못한
이런 사장도 사장이라고
어떤 모임 자리에 갈 때마다
사장님 사장님 하고 부를 때
체면도 없고 빈껍데기뿐인
내 가슴은 새가슴이 된다

제3부

받침돌

언덕길 위에 주차해 있는
차바퀴 아래 작은 돌 하나
온몸으로 차의 무게를 받치고 있다

가정을 든든히 받쳐야할 나는
살수록 어깨를 눌러오는
쇳덩이 같은 무게 힘에 겨워
조금 삐끗하였을 때
큰 파장으로 이는 가족들의 불안
집이 흔들거렸다

저 작은 돌처럼 말없이
제 자리를 지킨다는 것은
약속이고 믿음이 되는 것

사람과 사람 사이에도
받침돌은 있는 것이다

복사기

복사기 앞에서 복사를 한다
먼저 정규직 노동자의 사진을 넣으니
신성한 땀으로 얻는 밝은 미소 대신
초조하고 불안한
비정규직 노동자의 사진이 나왔다
다시 비정규직 노동자의 사진을 넣으니
거짓말처럼
노숙자들의 사진이 우르르 몰려 나왔다
신자유주의 바람이 불고부터
복사기가 고장 났나 싶어
이번엔 농부의 사진을 넣었다
바쁜 일손에도 넉넉했던 웃음 대신
고속도로 위에서
여의도 광장에서
잘 여문 나락
그 피 같은 양식을 불태우고
핏발선 목소리의 성난 황소 사진이 나오는
이 시대의 복사기
고장 난 것이 아니었다

노고단을 오르며

군사도로인지
등산로인지
문명의 아스팔트길을 따라
노고단을 오르면 보인다
남과 북을 갈라놓은
조국의 허리처럼
산허리를 싹둑 잘라
길을 경계로 동물도 편을 갈라놓은
야생동물 표지판
지랄같이
사람 오가는 곳엔
서로의 편이 갈린다는 것을

실제 상황입니다

신자유주의 융단 폭격을 맞고

한미FTA 지랄탄을 후폭풍으로 맞는

지금 우리 농촌에

살아 있는 사람 응답 바람

홍수

비가 내린다

오뉴월 땡볕에 갈라진 논바닥처럼
바싹 타들어간 농부의 가슴
촉촉이 적실 단비인 줄 알았다

갈증 풀어줄 단비로 착각했던 비는
태평양 건너
북아메리카에서 발달한 바람을 타고
상상을 초월하는 국지성 폭우 되어
계절도 없이 계속 퍼붓는다

퍼붓는 비를 맞고
황톳물만 울컥울컥 토하던
우리네 들판
염려했던 그 불안처럼 끝내
이 땅을 물바다로 만들 것이다

세차게 출렁이며 흐르는

거대 자본 독점의 바다
그 바다의 급물살 따라
하얀 종이배 같은 우리네 농촌
갈팡질팡 정신을 잃고 떠내려간다

보초를 서며

오늘도 보초를 나간다

어둠을 틈타 두려움도 없이
자기 영역권처럼
논밭을 짓밟아 쑥대밭으로 만들어 놓는
주둥이가 욕심 보다 긴
제 배만 채우려는 저 잡식성 멧돼지

꽝 꽝 꽝 꽹과리를 두드리고
둥 둥 둥 북소리 울리며
야금야금 숨어드는 저놈들로부터
땀으로 가꾼 한해 농사 지키기 위해
졸린 잠을 털며 밤새워 서는 보초

자본의 힘으로
남의 밥줄 위협하는 멧돼지 꼭 빼닮은
북아메리카 코쟁이
그 큰 잡식성 주둥이도
꽹과리 북소리로

힘껏 두드려 지켜낼 수 있다면
며칠 아니 몇 달이라도
즐겁게 말뚝보초 서겠다

허수아비

토지 문학관이 있는
경남 하동군 평사리 누런 들판에
허수아비들이 시끌벅적하다

웬 허수아비들이 저렇게 모였을까

토지의 주인공들도 나왔고
아기를 안은 아낙도 있고
마을 사람들처럼 다 모여
한복을 예쁘게 차려 입고
줄다리기에 강강술래에 그네도 타는데

웃음이 없다
신명도 없다

참새도 비껴가는 들판에서
나는 보았다
누렇게 익은 벼를 갈아엎는
농부의 그 눈물을 대신해
허수아비들이 시위중인 것을

하나됨을 위하여

너와 나 사이로
강 하나 흐른다

강물을 핑계로 마주 서서

내가 진실이면
너는 거짓으로 보일 것이고
네가 진실이면
나는 거짓으로 보일 것이다

흘러서 하나가 되는
바닷물을 알면서도
나도 뛰어들지 못하고
너도 뛰어 들지 못한다

보란 듯
강물은 말없이 흐르고

큰어머니

돌아 가셨는지
살아 계시는 지도 모른 채
탈 없어 좋다는 음력 9월 9일이면
큰아버지 제사를 모신다

깨가 쏟아질 신혼에
보도연맹 사건으로 끌려가시고는
아직도 소식 없는

쉬이 쉿
이렇게 앙다문 세월에 밀려
가슴은 새까맣게 탔어도
꼿꼿하게 살아오신 큰어머니
팔순을 눈앞에 두고
지금은 병실에서 투병 중이시다

몇 번을 절망 하시다가도
억눌려 왔던 한의 매듭 앞에
이승의 끈을 놓지 못하시고

양아들인 나를 찾는다는 급한 부름을 받으면

아직도 한반도가 갈라져 있는 것처럼

어머니가 두 분이지만

나는 똑같은 자식이다

* 주) 큰 아버지는 한국전쟁(6.25)이 나고 보도연맹 사건에 연류 되어 어디론가 끌려가
신 이후 아직까지 소식이 없다.

말하지 않아도

말하지 않아도 알 수 있는 게 있다
백 년 만에 꽃 핀다는 행운목
행운을 주는 것보다 그 꽃은
씨앗을 남겨 번식을 위한 것이란 걸

말하지 않아도 느껴지는 것이 있다
따갑게 시비만 걸었던 불볕이
살갑고 부드러운 바람처럼 다가오면
떠날 준비를 하는 가로수 잎들
변명 않고 노랗게 물드는 걸 보면

5년을 넘게 투병 중이신 양어머니
한 번씩 가는 병문안에도
병원에서 다 알아서 해준다
바쁜데 자주 오지마라 하시며
자식 앞에서
빨리 죽어야 할 텐데 하실 땐
말하지 않아도
질긴 정 떼고 계신다는 걸 안다

지난 시간들 일깨워 말동무 해드리려면
피곤하고 아이들 기다릴 텐데
빨리 가라며 밀쳐 내 놓고도
병원에서 멀어져 오도록
가만히 손 흔들고 계신 걸 보면

말하지 않아도

짝퉁 시대

누굴 속이려고 나왔는지
흉내만 낸
꼭 닮은 꼴로 왔다
바람 잘날 없는 거리에서
겁 없이 좋아도 너무 좋아
깨금발로 나선 오늘의 짝퉁들

모르는 사람은 싼 값에 속고
아는 사람은 비싼 값에 우롱당하는
시치미 뚝 판을 치는 가짜들
오히려 큰 소리로 당당하다

누굴 믿고 또 무엇을 믿어야 할지
속고 속임을 당할 때마다
내가 눈 감으면 모두가
눈 감는 버릇은 전염병처럼 돌고

거짓과 위선의 그 잘난 체면들 보며
새소리 물소리가 부끄럽게도 그리워지는

이 세상
버린 것 없이 마음만 허전해 온다

양파 껍질을 벗기며

토실하게 살찐 양파
그 껍질을 벗긴다

나눔이 될 껍질을 벗길수록
매운 것이 코를 톡 쏘며
찡한 눈물 뽑는 자극 하나

나눌 줄 몰랐던 눈먼 욕심
껍질을 벗지 못하고
내 것만 알았다

매운 것이 싫어서
눈물이 겁나서

아버님 전상서

　지독한 가뭄과 장마를 딛고 누렇게 익은 들판을 보면 올해 농사가 얼마나 힘들고 고달팠는지를 알겠습니다 아버님 잘 되어도 걱정 못 되어도 걱정인 농사에 한평생을 바쳐 왔는데 부농을 부채질해 농지 정리에 지원해 준 융자금 모두 숨통을 조이는 빚이 되고 이제는 쌀이 남아돌아 쌀값도 떨어지고 수매도 할 수 없다는데 쌀을 수입까지 한다니 걱정이 됩니다 아버님 아직도 굶주리는 아이들도 많고 무료 한 끼 점심 식사에 끝없이 줄을 선 노인네들 수두룩한 지금도 자기 배만 채우려고 주판알 튕기는 꼬락서니를 보며 자식 같은 벼를 불태우고 추수할 논을 갈아엎으며 응어리진 가슴 아리고 쓰리다 못해 불덩이 같이 뜨거워지는 그 심정을 압니다 아버님 조상 대대로 물려받은 옥답에 무성하게 자라날 잡초처럼 아버님의 골 깊어지는 주름살 앞에 내년엔 하는 믿음으로 지켜만 보고 참고만 살아온 진솔한 농부의 땅이 아버님 가슴 같이 이젠 꽁꽁 얼어붙었다는 걸 느낍니다 아버님 앞날을 두고 걱정의 한숨 소리가 들리는 오늘 밤은 쉬이 잠들지 못하고 가슴만 저립니다 아버님

화엄사에서

절 입구
왼편엔 편백나무
오른편엔 소나무
보란 듯이 서 있는 기념식수

각황전 모퉁이를 돌아서면
부처님의 큰 자비처럼
한겨울에 꽃을 피워내는
동백의 함성소리가 있다

들리는 가 편백나무여
보이는 가 소나무여

까맣게 그은 햇볕을 물고
검은 그림자로 드리워진
독재와 폭정의 세월
초라하게 무너진 뒤안길 저 편
새들도 비껴 날아가는구나

* 주) 화엄사에 가면 편백과 소나무에 기념식수한 전직 대통령 이름이 있다.

고드름을 보면

추녀 끝에 매달려
추위를 먹고 크는 고드름

남의 힘에 빌붙어
감히 높은 곳은 쳐다보지도 못하면서
자기보다 아래쪽만 향해
삿대질처럼 찌러오는 그 뾰족한 끝

낮고 약한 사람한테 강한
찬바람 쌩쌩 일던 겨울공화국 시절
꼭 누구와 닮은꼴이다

꼼짝 않을 것 같았던 추위에
제 자리마냥 버티고 서서
기생하며 쟁쟁했던 고드름
언 땅이 풀려가는 어느 봄날
툭
먼저 떨어졌다

CCTV

전화가 왔다
하던 일 멈추고 받으려는 순간
뚝 끊어 졌다
이런
잘못 걸린 전화인가 싶어
하던 일을 다시 하려고
돌아서 몇 걸음 옮기는데
또 전화가 왔다
받으려는 순간
역시 또 끊어 졌다
어라
이번엔 전화 소리만 울리면
당장 받으려고 기다리지만
시간이 흘러도 전화는 오지 않고
장난인가 싶어 돌아서는데
이크
전화가 더 큰소리로 울리며
받으려면 받아 보란 듯이 울릴 때
나는
또 다른 눈에 구속된 것은 아닐까

제4부

선인장

모랫바람으로 서걱거리는
메마른 사막처럼
서로 얽혀 살지 못한 가슴 속으로
횅한 바람은 세차게 불고

자꾸 낡아가는 것이 서러워
온 몸에 가시비늘 세우고
목마름에 속울음 우는 사람아

모든 걸 던져 버리고 싶을 때
까마득한 낭떠러지에 서면
비로소 보이는
저 삶의 끝

푸르게 열 원시림을 품고
따가운 불볕 속에서
또
푸른 절망 하나 삼키고 섰다

아내1

팔 아프다
어깨 저리다
혼자 끙끙 앓다 잠든 당신

십년이 넘도록
일용직으로 떠돌며
몸도 마음도 편한 날 한 번 없었는데

어깨를 주무르다
문득 손에 잡히는 뼈마디들

가시가 되어
내 가슴을 찌른다

아내2

라인 작업대 앞에서
하루 종일 부대끼다 온 아내와
늦은 저녁밥을 먹는다

오늘은
팔 다리가 아프다는 말 대신
묵묵히 밥을 먹다 소주 한 병 꺼내
연거푸 몇 잔을 들이키고선
피익 쓰러져 잔다

잠든 아내
팔 다리를 주무르는데
파르르 어깨가 떨리고
고만 고만 들썩이고 있다

피로와 걱정에 젖은 당신을 보며
시원하게 풀어 줄 안마기 역할도
깨끗하게 씻겨 줄 세탁기 역할도
모두 고장 난 나는
가슴에서 울컥 뜨거움이 인다

집에 오면

회사 일 마치고 집에 오면
나를 기다리는 건
대문에 어지럽게 붙어 있는
광고 전단지들 뿐

아이들은
학교에서 학원으로 오가며
좋은 대학을 꿈꾸며
졸음과 꿈 사이로 헤맬 것이고

아내는
눈치 보여 빠질 수 없다는 핑계로
아픈 다리 종종이며
몇 푼의 잔업수당에 매달려
살림 걱정을 하고 있을 것이다

학교를 파하고 집에 오면
언제나 나를 기다리시던 어머니
혹여 집에 없을 땐

들일 하러 나가신 줄 알면서도
괜히 심통 났던 기억이 있는
나는
혼자 늦은 저녁밥을 두고도
쉽게 숟가락을 들 수가 없다

나무를 심으며

한 번씩 찾아오는 고향집
늘어가는 빈집들을 볼 때마다
허전해지는 마음 달래려
아이들과 함께 나무를 심는다

새들이 쉬었다 가기도 하고
산짐승들이 놀다 가기도 좋은
할아버지 할머니
아버지 산소가 잘 보이는
텃밭 가장자리에 구덩이를 파고

가난의 대물림이 싫어
도망치듯 고향을 떠났던
그 잘난 희망들 거름처럼
구덩이 밑으로 다져 넣고

몇 백 년 동안 고향을 지키며
뿌리 단단히 내리고 있는
저 당산나무에 얽힌 이야기

아버지가 해주셨던 것처럼

아이들에게 들려주며

꼬옥 꼬옥 땅을 밟는다

고향

산모롱이 돌아서면
저녁연기 실안개처럼 피어나고
수박 참외 서리하던 논밭을 지나
지난 추억을 밟으며
몇 해만에 찾은 고향

발소리 듣고 달려 나오던 강아지 대신
집안 가득 수북한 풀들을 보며
게으르면 아무짝에도 못쓴다
항상 부지런해라는 할머님 지청구처럼
곳곳에 쳐져 있는 거미줄 걷으며
풀들을 베어 나가다
농사는 대물림하지 않겠다는
성난 아버지 목소리를 만나
그만 손가락을 베였다

아이들과 저녁밥을 먹다가
흑백 사진 같은 빈집들 사이로
소꿉친구들의 소리가 들리는 것 같아

목을 길게 뽑고 엿들어 보는 것이
괜시리 아이들에게도 멋쩍어지는 고향

사람소리 그리워
자꾸만
자꾸만 허기져
기다랗게 굽어져 가는 내 고향길

창

입을 굳게 다물고
쫓기듯 바쁜 도시의 사람들 앞에
쉽게 말을 걸 수 없는 나는
사람도 차가운 벽이 되는 걸 본다

이런 때일수록
너와 나
마음 나눌 수 있는
창 하나 있으면

안에서 밖을 볼 수 있고
밖에서 안을 볼 수 있는
마알간 유리 같은
그런 가슴 하나 있으면

더불어 살 사람의 길
내 마음 속 벽부터 허물어
마알간 창 하나 낸다

지금 우리 집은

아내가
고등학생인 아들을
서린아 하고 부르면
이젠 컴퓨터 오락 많이 안 해요
이서린 하고 부를 땐
공부 열심히 잘하고 있습니다

내가
서린아 하고 부르면
젓가락질 바르게 하려 노력하고 있어요
이서린 하고 부를 땐
예의 바르게 인사 잘하고 있습니다

중학생인 딸도 덩달아
늘어가는 건 눈치뿐이고

한 지붕 밑에 살아도
저마다의 일들로 바쁜 우리 가족들
언제 한 번 같은 밥상에 앉아
같은 고민해 볼 꺼나

이름을 위하여

손가락질 받지 않고
부끄럼 없이 살고 싶어
이름 앞에
칼을 예리하게 갈고 간다

손톱처럼 길어지는 욕심을 깎고
몸을 낮추고 낮춰
한 발 한 발 제겨디디며 가는 길

때론
매운 풋고추 같은 자극도 필요하지만
손만 뻗으면 잡힐 것 같은 유혹 앞에
올무가 되는 무슨 상들을 받기 위해
이력서 꼬리표 하나 더 달기 위해
잘 갈아진 칼을 쓰진 않겠다

바람 불지 않아도
소문 내지 않아도

길

그럴 듯한 말만 믿고
기다린다는 것은 이제
더 이상 내 것이 안 된다

가야할 먼 어두운 길 위에서
가다 서다
가다 서다
걷고 걸어도 앞은 보이지 않고

찰싹 엎드리고 움츠려
살면 살수록 젖는 서러움 저만큼
푸드득
추위와 불안을 털고 날아오른 새떼들

보란 듯이
한겨울 복판으로
길을 만들어 날아간다

아직도

우는 아이도
순사다 하면
울음을 뚝 그쳤다는
그런 시절이 있었다 했다

차를 운전할 때
길을 걸을 때
삐이익
무심코 호루라기 소리를 들으면

아차
무얼 잘못 했나
무슨 죄를 지었나
멈칫 놀라 불안한 얼굴 돌리면
거수경례를 척 하는
하얀 미소 띤 경찰

지금 이 시대에도
호루라기 소리를 들을 때마다

긴장되는 오랜 버릇 하나
나는 아직도 버리지 못한다

벌초

아버지 산소에 벌초를 한다

누구 집 아이 할 것 없이
똑같이 벌을 주셨고
똑같이 등 다독여 주셨던 아버지

동네 궂은일들은
자기 일 보다 먼저 나섰고
들일을 하다가도 지나는 사람 보면
소주 한 잔 정으로 나누셨지

내 가슴속 욕심만 수북한 잡풀들
같이 벌초하고 오는 길에
나 살자고 남의 가슴 아프게 하면 안 되고
항상
예의 바르게 살아야 한다는 말씀
자꾸 되돌아보게 한다

양심

눈 감아도 넉넉하게 다가오는
잊고 살아온 만큼 그리운
고향 가는 길

과속으로 차를 몰아
꼬불 길을 돌아 나올 즈음
아차
본 사람 있을까
차바퀴에 묻은 흔적
깨끗이 씻고 지우면서
들고양이인데 어때 하는
이렇게 무뎌져 살아온 양심 앞에

문득
무시하고 외면했던
욕심 없는 고향 사람 웃음들 보며
가슴 깊숙이 앙금으로 갈앉아 있었던
맑고 하얀 그 불안이 되살아난다

팔만대장경

중국의 황사바람 앞에
고구려의 역사를 어찌하랴
일본의 칼바람에
또 외로운 독도는 어찌하랴

화창하기도 한 봄날
해인사 일주문을 들어서는데
어디서
쿨럭쿨럭 기침소리가 들린다

기침소리를 따라 봉황문
해탈문 구광루 대적광전을 지나
장경각 앞에 서니

아 그랬구나
평화를 바랐던 간절함이
그 간절함이
먼지 쌓인 창고에 갇혀
피를 토하는 소리였구나

일기예보

북아메리카에서 발달한 강한 토네이도*가 시베리아 찬바람이 약해진 틈을 타고 세상을 손아귀에 넣으려 대서양을 건너 대량 살상무기의 기류를 따라 모래바람 일으키며 먼저 이라크를 강타했습니다 건물이 무너지고 문화유산들이 박살나고 인권이 유린당하고 어린이를 비롯한 인명 피해가 너무나 컸습니다

저 강력한 토네이도는 코에 걸면 코걸이 귀에 걸면 귀걸이가 되는 이유로 우리의 자유와 평화를 싹쓸이해 가는 미국의 침탈인 것입니다 이라크를 폐허로 만든 토네이도는 대량살상무기의 기류가 가상 기류란 것이 들통나면서 세계 각 나라들의 뜨거운 비난의 난기류를 만나 지금은 기름냄새 풍기며 표류하고 있습니다 다음 목표물을 정조준하며

이라크에 표류 중인 토네이도가 태평양을 건너오려고 호시탐탐 기압골을 형성하고 있는 조짐이 예사롭지 않는 지금 저마다의 고기압과 저기압이 서로 부딪쳐 내리는 국지성 폭우를 맞고 정신 차리지 못하고 있는 한반도가 대단히 위험합니다

국민 여러분

이번에도 천둥과 번개를 동반한 초강력 토네이도로 예상되며
지금부터 한반도 전역에 특급 경보를 발동합니다

* 주) 토네이도: 미국 중남부 지역에서 일어나는 강렬한 회오리바람이며 파괴력이 아주
크다.

삶의 중심에서 이룬 보편적 가치

정규화(시인)

시를 매개로 도달해야 하는 보편적 가치는 시인의 사상과는 무관하게 부풀리고 와전되어 본질과 목적에 혼돈을 주는 경우가 허다하다. 시에 나타난 한 시인의 사상을 검증한다는 것을 범죄 심리학적인 접근이 필요하겠지만 그것 역시 완벽하다고는 볼 수 없다. 더구나 신명을 바쳐 완성한 개인의 정신적 자산에 대해 평가한다는 것은 사실상 어려운 일이다. 그러나 사람들은 그 짓을 모순인 줄 알면서도 반복하고 있다. 그 결과 최근 들어 남의 작품이 눈에 띄면 그것을 텍스트로 말을 바꾸는 연금술사의 역할을 서슴없이 자행하고 있다. 시 속에 사상은 없고 말의 유희만 난무하는 희한한 시대에 살고 있다. 이 같은 이유는 인터넷을 비롯한 각종 매체의 발달도 한 몫을 감당했을 것이다. 그 점에도 불구하고 아무리 의도가 좋다하더라도 시로써의 형식과 표현양식이 있어왔다. 다시 말하자면 시는 시라야 그 생명력이 주어지는 것이다. 시인들은 누구나 긴 습작기를 거쳐 오는 동안 이 말이 무슨 말인지를 스스로 터득하게 된다. 시인에게서 자아란 누구에게 부여받을 수 없는 시인의 사상 속에 뿌리를 둔 철저한 정체성의 한 형식일 수 있다. 시다운 시란 먼저 쉬운 시를 뜻 한다. 누구나 꽃을 보면 즐거워하고 쿠바에 있는 미군의 '관타나모기지'에 대해서는 비판을 쏟아놓을 줄 안다. 일상의 관점에서 해석하고 결론내면 시란 시 이전에 머물곤 한다. 시란 쉽고도 어려운 것은 낱말 하나와 땀을 흘리게 한 자기와의 싸움의 소산이기에 더욱 그렇다. 이 모든 것이 역사와 현실의 투철한 인식 없이는 불가능하다. 비근한 예를 들자면 1786년 부터1788년까지 있었던 괴테의 이탈리아 종단 기행에서 괴테의 해박한 지식이 이탈리아의 고대건축물과 자연 환경은 물론이고 무용 연극 미술과 같은 예술에 접근하여 입체감을 더하고 있다. 이것은 기행에 앞서 괴테가 그 방면에 많은 공부를 하지 않고는 불가능한 것일 거다. 더 쉽게 비교가 가능하다면 유홍준의 『나의 문화유산 답사기』가 우리에게 충격을 주는 것 같은 충격을 이탈리아 기행이 지니고 있는 좋은 점이다. 괴테 역시 시인이었듯이 무릇 시인은 그의 경험과 지식세계는 넓고 깊어야 한다. 알아서 손해 보는 일이 없다. 배우고 쓰기를 거듭하여 조심스럽게 자기의 땅에 천착해야 할 것이다. 개중에는 쉽게 시인 된 사람이 많다. 다시 말하지만 무수한 문예지가 자신들의 입지 확보를 위해 무더기로 쏟아내는 시인들이 제대로 시적 재질을 갖추지 못했다는 얘기가 종종 들리고 있다. 따라서 문인의 수는 늘어가지만 질적 향상을 가져오지 못한다는 비판적 시각이 대두되고 있다. 예술은 미치는 것에서부터 출발한다. 시도 마찬가지다. 모든 가치의 우위에 시를 두지 않고 결코 좋은 시인이 될 수 없다. 때로는 먹고 사는 일보다 더 중요한 것이 시와 시를 쓰는 일이어야 시인으로 가는 길을 찾을 수 있다. 성취란 노력 없이 얻어지는 것이 없다. 우연히 오는 성과란 상상력 속에서나 있는 것이다. 성공의 이면에는 부단 없는 노력도 있겠지만 깨어있는 지각이 있어야 한다. 그래야 내 자신을 정

확히 알 수 있고 부족한 부분을 노력으로 메워 나갈 수 있다. 개인이 자기 주변의 것을 누구보다 잘 알 수 있으므로 자기가 잘 아는 것이 자신의 자산이다. 이것은 파고들어야 한다. 괜히 모르는 부분에서 남의 흉내를 낸다는 것은 위험한 곡예가 아닐 수 없다. 그래서 나의 문학은 늘 내 주변에 산재해 있다는 것을 명심해야 할 것이다. 표현의 기법이야 세월이 가면 저절로 터득되어지고 자기화 되는 것이다. 동시대인의 고뇌와 갈등을 타산지석으로 삼아야 하며 동시대의 허와 실을 시인의 땀과 예지로 부딪쳐야 살아남는다. 우리가 보편적 가치에서 시의 진실을 구하자면 시인 자신이 그 가치의 중심에 서 있어야 될 것이다. 피상적인 접근은 그 본질에 도달할 수 없을 뿐 아니라 독자로부터 반향을 불러일으킬 수 없는 것이 문학이며 시다. 그래서 시인되기도 어렵고 시인으로 살기도 힘든 것이다.

아내가 한숨을 쉰다

그 한숨이 무얼 말하는지
말하지 않아도 잘 안다

일찍 퇴근해 오는 날이 많을수록
아내를 위로할
따뜻한 말 한마디 생각도 안나
무슨 말 붙이기가 무섭다

언제부턴가
달력 한 장 넘기려 해도
쉽게 넘어가지 않는다
—「걱정」전문

맞벌이 부부의 삶은 긴장에서 긴장으로 이어진다. 서로 맞대놓고 얼굴 한 번 쳐다보지 못하는 경우가 허다하다. 그런 아내가 모처럼 일찍 돌아왔으나 따뜻하게 말을 걸 수만은 없었다. 귀가 따갑게 들었던 조기퇴직이니 구조조정이니 근무시간 단축이니 하는 언제 내 차례가 될지 모르는 시한폭탄 때문이다.

'그 한숨이 무얼 말하는지/말하지 않아도 잘 안다'는 자조 섞인 독백이 있을 뿐이다. 부부란 말이 필요 없기도 하다. 눈빛만 봐도 이해할 수 있다고 했다. 발자국 소리만 듣고도 그날의 분위기를 헤아릴 수 있는 것이 우리네 부부라면 남녀 사이에도 불입문자 정도는 여러 개 세울 것이다. 아내보다 일찍 귀가했다는 화자의 경우도 살얼음 위를 걷기는 매 한가지다. 세상에 사업이 잘 된다면 어느 남편이 일찍 귀가했겠는가. 우리네 서민의 부평초 같은 삶에 화자인 시인도 시달리고 있음을 여실히 짐작케 하고 있다.

「이사를 하며」라는 시에서 '기계 한 대 달랑 가진/사장도 아니고/노동자도 아닌 우리 같은 사람에겐/이사 비용도 큰 짐이지만/거래처마다 이사했다고 알리는 일도/이젠 염치가 없다//나도 한 곳에/오랫동안 더 머물고 싶다'고 신세를 한탄하고 있다. 사실 이사란 돈과 시간의 낭비뿐 아니라 강한 스트레스를 안겨 주는 것이다. 공장이건 집이건 이사를 자주한다는 것은 거의가 돈 때문이다. 자꾸 오르기만 하는 전세나 월세를 감당하지 못해 손해를 감수 하면서도 옮기지 않을 수 없는 게 이사다. 침체의 늪이 깊어만 가는 가운데 아예 취직을 포기한 청년들이 기하급수적으로 늘어나는 게 현실이다. 더군다나 노인 인구의 증가는 가뜩이나 열악한 사회기반을 송두리째 흔들어 놓고 있다. 어느 사회에서는 주변이 빈둥거리는 젊은이와 노인은 있어왔다고 예사로 여기는 경향이 있다. 그러나 이런 현상은 사회의 균형을 깨뜨리고 있다. 거지들을 다 소탕하면 또 거지가 생기는 것이다. 어떤 상황에 처해있든 이들은 모두 우리 사회 구성원이다. 이들의 희생을 담보로 하여 있는 자들의 배를 불리는 것은 자본주의가 아니다. 우리 주변의 서민들에게도 부유해질 수 있는 기회마저 완전히 봉쇄되고 있다. 신용불량자 제도가 그렇다. 조지 길더는 『부와 빈곤』이란 책에서 "보수주의자들은 진짜 가난은 소득상태보다도 마음의 상태에 있으며 정부의 시혜는 그것에 의존하는 사람들의 거의 모두를 위축 시킨다"는 견해를 견지하고 있다고 했다. 하지만 사람들의 정신적 위축은 가정의 파탄과 재앙으로 이어졌고 그것은 미래까지 유산으로 남는다. 위의 시에서처럼 생활의 저변에 가난에 시달리는 모습이 너무 안쓰럽다. 삶이 이 지경에 왔다면 마음잡고 시를 쓸 여유가 있을 리 없다. 주변에는 높게 올라가는 아파트와 빌딩이 보이고 출세한 친구들의 얘기가 소문에서 소문으로 전해지는데 시를 쓰고 있다는 것은 자기 당착일 것이다. 시의 성공 여부를 떠나서 이 삭막한 시대에 한 가정의 가장으로 사는 일이 몇 갑절 더 값나가는 일이다. 그런 것을 감수하면서 시에 정진한다는 것은 그 정신만으로도 일단은 인생의 문턱에서 자신을 승리대열에 세우는 것이다. 오늘날처럼 시가 난해하여 옥석을 가리지 못하는 상황이 한 시대를 넘기지 못할 것이 확실하다. 그렇다면 이규석의 시는 자신의 갈무리를 통해 얼마든지 거듭날 수 있다. 「논리적 범위와 감정적 범위」의 한계를 벗어나면 사회적 합리화의 표면에 존재하고 있는 세계관에 도달할 수 있을 것이다. 적당한 가난과 적당한 고통 속에서 자아의 형성은 폭넓은 감성을 얻어낼 수 있기에 이규석의 고통은 그 껍질을 깨뜨릴 때 예술적 임무의 도화선으로 이어질 것이다. 시란 경험의 축적이 밑거름이 되기에 더욱 그러하다. 시에 있어서 논리의 미숙이나 철학의 빈곤은 독서를 통해서 보충할 수밖에 없다. 독서는 마음을 순화시키는 마음의 양식이라고들 한다. 인격의 도야는 독서가 우선 돼야 한다. 아무리 시적 상상력이나 감수성이 뛰어나더라도 그것을 정제시킬 수 있는 능력이 없으면 시의 성공은 기대할 수 없다. 종종 기초를 다지지 않고 문인의 반열에 서는 사람이 있는데 이는 결국 사상누각에 불과한 안타까운 일이다. 모든 일이 그렇듯이 자신과의 싸움에서 이기는 사람만이 그 이름을 남길 수 있는 것이다. 항상 사물의 본질은 접근도 못하면서 지엽적인 문제를 삶의 실체로 알고 허둥대지만 그것이 한갓 실루엣에 지나지 않는 다는 것을 알았을 때 이미 늦어서 모든 가능성과 기회를 놓쳤다는 뉘 우침에 통곡할 수도 있다. 노력 없는 기회의 포착은 있을 수 없다. 고 민하고 땀 흘리며 노력하는 가운데 시도 길도 열리는 것이다. 그런 뜻에서 이규석의 다음 시를 보자.

돌아 가셨는지
살아 계시는지도 모른 채
탈 없어 좋다는 음력 9월9일이면
큰 아버지 제사를 모신다

깨가 쏟아질 신혼에
보도연명 사건으로 끌려가시고는
아직도 소식 없는

쉬이 쉿
이렇게 앙다문 세월에 밀려
가슴은 새까맣게 탔어도
꼿꼿하게 살아오신 큰어머니
팔순을 눈앞에 두고
지금은 병실에서 투병 중이시다

몇 번을 절망 하시다가도
억눌려 왔던 한의 매듭 앞에
이승의 끈을 놓지 못하시고
양아들인 나를 찾는다는 급한 부름을 받으면
아직도 한반도가 갈라져 있는 것처럼
어머니가 두 분이지만
나는 똑같은 자식이 된다
― 「큰어머니」 전문

평생 한을 안고 살아가고 있는 큰어머니의 양아들이 되어 큰어머니의 한을 나눠가지면서 아들 노릇을 하고 있는 이규석의 업보와 운명이 남의 일 같지만은 않아서 숙연해 진다. 우리 보다 앞선 세대의 삶은 누구나가 지니고 있는 애환의 일부이지만 그렇게 보낸 세월의 잔영이 이규석의 가슴에도 드리우고 있다. 병석의 큰어머니를 간병하면서 비운의 삶을 지켜야 하는 것은 큰 고통이었을 것이다. 우리네 삶의 단면을 보는 것 같은데 시로써의 성취이전에

이규석의 애잔한 모습이 눈에 들어오고 있다. 시는 생활저변에 그것도 시인 자신의 주변에 늘려 있다. 바꿔 말하면 시란 시인 자신의 삶의 한 부분인 것이다. 그래서 시와 삶은 일치할 수밖에 없으며 시대상황이 나타나는 것이다. 현실이 실종된 시들을 흔히 보고 있던 터에 시인의 참모습에 접근해가는 이규석의 노력에 박수를 보내는 것은 그것에 있다. 시는 삶이라는 말 때문이다. 한 시인의 태동은 천지창조와 같다. 그래서 시공을 초월하여 존경의 대상이 되는 것이며 독자들은 시인의 사상에 공감대를 형성하면서 시의 위대함을 체험하게 된다. 시인이 그냥 태어나는 것은 아니며 시는 누구나 쓰는 게 아니다. 오늘날 시에 대한 관심이 사라졌지만 자본주의가 새로운 사회지배 이데올로기에 예속 되는 날 시인의 시는 지리산처럼 우뚝 서 있을 것이다. 시대와 사상은 변하지만 시의 본질은 이어져 갈 것이다. 그래야 이규석시인의 노력이 헛되지 않을 것 아닌가. 나는 이규석의 대성을 믿는다. 이규석 시인의 시는 그가 바랐던 문학적 성취에 관계없이 그의 고달픈 삶을 고정시키고 있다. 생활이 사방으로 얽혀 정신적 육체적으로 자유로울 수 없다면 대개는 무기력해지게 된다. 고민하고 비판하며 대안을 찾는 일이 시들해지는 수밖에 없다. 비근한 예를 들자면 「보리가 아직 익지도 않았는데 밥걱정」을 하면 오직 배고픔 말고는 무슨 기력이 있겠는가. 이규석 시인에게도 드러내놓고 얘기 못할 가정사가 있었다. 그것이 제삼자의 객관적 입장에서는 어떻게 비칠지 모르지만 몸으로 부대끼는 당사자들에게는 태산 같은 걱정과 부담으

로 작용할 수 있는 것이다.

숱한 제품들이 들락거리고
겨울 찬바람이
여름 소나기도 고스란히 맞던
녹슨 공장문을 페인트칠 한다
— 「페인트칠을 하며」 1연

바람
그 소리만 들어도
춥다

퇴출바람
명퇴바람

공장문을 흔들고 지날 때마다
우수수 떨어지는 낙엽 소리에
나도 몰래 얼마나 움츠렸던가
— 「노이로제」 1, 2, 3연

회사 일 마치고 집에 오면
나를 기다리는 건
대문 앞에 어지럽게 붙어있는
광고 전단지들 뿐
— 「집에 오면」 1연

세찬 바람에
나뭇잎들을 다 떨어뜨린 나무

차가운 바람 앞에
자꾸 얼어가는 마음 흔들어

우우우 소리 내어 운다
―「겨울나무」 1, 2연

출근 시간에 맞춰 집을 나선다
정보지에 실린 모집 공고를 보며
밤늦도록 정리한 순서대로
이력서를 들고 공장들을 따라 돌고 돌다
외면할 수 없는 애꿎은 나이 앞에 무너지고
―「십 원짜리 동전」 1, 2연

　무작위로 뽑은 위의 시들에서 보면 시인의 주변여건이 안정되지
않았음을 알 수 있다. 시에서 주지하는 상황들이 이규석 시인의 삶
그 자체일 때 이규석 시인이 아니더라도 안절부절 못하게 되어 있다.
삶이란 현실에 예속될 수밖에 없고 그 굴레에서 보다나은 삶을 영위
하기 위해 저마다 마음속에 칼날을 세우고 있다. '숱한 제품이 들락거
리고/겨울 찬바람'을 맞는 삶을 살아보지 않고는 그 고통을 말할 수
없다. 그뿐만 아니다. 그의 시에서 군데군데 묻어나는 체취는 춥고 배
고픔과 불합리한 사회에 대한 반항적 뉘앙스가 풍기고 있다.
　'바람/그 소리만 들어도/춥다'라든지 '세찬 바람에/나뭇잎들을 다
떨어뜨린 나무'에서 보여주는 을씨년스런 분위기는 이 땅 서민들의
애환 그대로 이다. 일자리를 구해 나서도 덥석 받아주는 일터는 없고
허기진 발길을 끌고 집에 돌아오면 '대문에는 어지럽게 붙어 있는/광
고 전단지 뿐'인 현실이 이규석 시인의 자아형성에 큰 부담을 주는 것
이다. 너무 삶에 시달리다 보면 누구나 망각의 상태에 머물고 싶어
한다. 그래서 술을 마시게 되고 노래방을 찾게 된다. 그러나 가난이란
부끄럼은 절대로 아니지만 무기가 될 수는 없다. 시란 자신이 체험하
고 느낀 것들을 통해서 형상화 시키면 된다. 다시 말해서 고달픈 삶
자체가 시는 아니다. 우리는 수기 같은 것에서 더 고통스런 삶의 모습
을 얼마든지 볼 수 있다. 고통을 시라는 형식을 통해 표현했을 때 독

자들의 공감대 형성이 있어야 성공한 시라고 말할 수 있다. 언제든지 좋은 시는 자신의 주변에 있는 것이다. 시인의 삶이란 그 시인의 시의 보고이며 자산인 것이다. 좋은 자양분을 지니고 있으면서도 그걸 시라는 틀 속에 걸러내지 못한다면 안타까운 일이다. 시에 있어서 명징한 것은 통일된 사관과 번쩍이는 추리력이 있어야 한다. 우리가 아무리 배가 고프더라도 벼를 그대로 먹을 수는 없다. 도정이라는 공정을 통해 밥이 되는 취사 과정을 두루 거치지 않으면 안 되는 것이다.

모랫바람으로 서걱거리는
메마른 사막처럼
서로 얽혀 살지 못한 가슴 속으로
행한 바람은 세차게 불고

자꾸 낡아가는 것이 서러워
온 몸에 가시비늘 세우고
목마름에 속울음 우는 사람아

모든 걸 던져 버리고 싶을 때
까마득한 낭떠러지에 서면
비로소 보이는
저 삶의 끝

푸르게 열 원시림을 품고
따가운 불볕 속에서
또
푸른 절망 하나 삼키고 섰다
— 「선인장」 전문

이 시집에서 가장 대표 시에 해당하는 것이 바로 선인장이다. 온갖 열악한 환경에서 악착같이 살아남는 방법을 찾지만 낭떠러지에 서있는 것과 다를 바 없었다. '모랫바람으로 서걱거리는/메마른 사막'은 어쩌면 시인이 처한 현실의 삶일 것이다. 그래서 '온 몸에 가시비늘 세우고' 척박한 환경을 극복해가는 삶의 의지가 돋보이는 가 했더니 '푸른 절망 하나 삼키고 섰다'라고 결론을 내리고 있다. 말하자면 문장의 완성에 미숙을 드러내지만 시인의 정신적 성숙은 「목마름에 속울음 우는 사람아」에서 보듯이 이성에 호소하고 있다. 이규석 시인의 시를 보편적 관점으로 볼 수만은 없다. 그렇다고 곳곳에 드러낸 문맥상의 모순과 오류는 반드시 지적되어야 할 것이다. 밤송이는 무수한 가시에 싸여 있다. 밤이 익었을 때 스스로 송이를 터뜨리며 알밤이 밖으로 쏟아진다. 이규석 시인이 키우는 밤송이는 가을을 내다보고 열심히 달린다면 무리가 없을 것이다. 그는 「늦가을에」라는 시에서 그걸 인식하고 있다. 그렇다 그는 가을복판에 서 있다. 맺은 밤송이를 잘 갈무리하여 보란 듯이 알밤을 이 가을에 떨어뜨리길 기대해 본다.

바람에 몰려다니는
낙엽들을 보며
이렇게 허전해 오는 가슴

내년을 바라볼 수 있는
가을걷이 끝난
빈 들판의 기다림이면 좋겠다

오늘도
빈 기계 앞을 바장이며
일거리 걱정을 하는데
공장 화단 나뭇가지 위
가을 햇볕을 문 잠자리 한 마리
바람이 불 때마다 나처럼

지겹도록 앉았다 날았다 한다

또 하루를 공치고 돌아서는
무거운 발걸음에 밟히는 이 허전함
나이 탓이면 좋겠다
— 「늦가을에」 전문

나름대로 성공한 작품의 하나인 이 시에서는 가을의 허전한 심정을 무리 없이 다루고 있다. 물론 이규석 시인의 다른 작품과는 수준을 달리 하고 있다. 그는 이미 가을을 감지하고 언제나 포근한 '들판'이고 싶고 그 자연에 순응하는 섭리를 따르고 싶은 것이다. 계속되는 불황의 늪을 벗어나지 못하면서 그는 심한 피로를 느끼고 있다. 그래서 그는 '가을걷이 끝난/ 빈 들판의 기다림이면 좋겠다' 했고 가을볕 속을 날고 있는 잠자리가 더 여유 있고 유연해 보이는 것은 어쩔 수 없는 일이다. 그가 유추해내는 자연의 접근이 안 될 때 그는 허전하고 무기력해지는 것이다. 그래서 바람마저도 자신처럼 허전해 보이며 하루 종일 공치고 돌아서는 무거운 발걸음 까지도 허전할 수밖에 없다. 그는 지금 상실한 세월을 되찾는 것보다는 자신의 허전함과 외로움에 자연이 동참해 줄 것이라는 간절한 바람으로 현실에의 피곤함을 위로받고 싶어 한다. 이 상황이면 누구나 외롭지 않을 사람이 없다. 현재 처해 있는 위기의식에서 발 빠른 탈출을 할 때 그를 괴롭히는 허전함에서도 벗어날 수 있을 것이다. 출구는 사방이 막혀 있다. 그러나 반드시 출구는 있다. 이제 이규석 시인이 찾아야 한다. 그날이 속히 오길 바라며 그날이 왔을 때 나는 이규석 시인에게 소주잔에 술을 따라주고 싶다.